Si piensas traer un
cocodrilo
a la escuela,
¡NO LO
HAGAS!

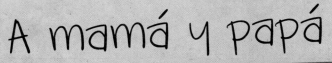

A mamá y papá

Originally published in English by Little, Brown and Company as *If You Ever Want to Bring an Alligator to School, Don't!*

Translated by Eida de la Vega

Copyright © 2015 by Elise Parsley
Cover © 2015 Hachette Book Group
Translation copyright © 2017 by Scholastic Inc.

ISBN 978-1-338-19341-1

10 9 8 7 6 5 4 3 2 1   17 18 19 20 21

Printed in the U.S.A.   40
First Scholastic Spanish printing 2017

The illustrations for this book were digitally drawn in Adobe Photoshop and then painted in Corel Painter using a Monoprice tablet.
The text was set in McPea, a custom font made from the artist's handwriting.

Si piensas traer un cocodrilo a la escuela, ¡NO LO HAGAS!

Escrito e ilustrado por

Elise Parsley

SCHOLASTIC INC.

Si tu maestra te dice que traigas algo de la naturaleza a la escuela para mostrar y contar, se refiere a una rama hueca, a un nido de pájaros o a unas rocas brillantes.

Ella **no** quiere que traigas un cocodrilo.

Tú le dirás que no se preocupe y que tú sabes de cocodrilos. Este cocodrilo estará callado, se portará bien y no se comerá a nadie, que tú se lo juras.

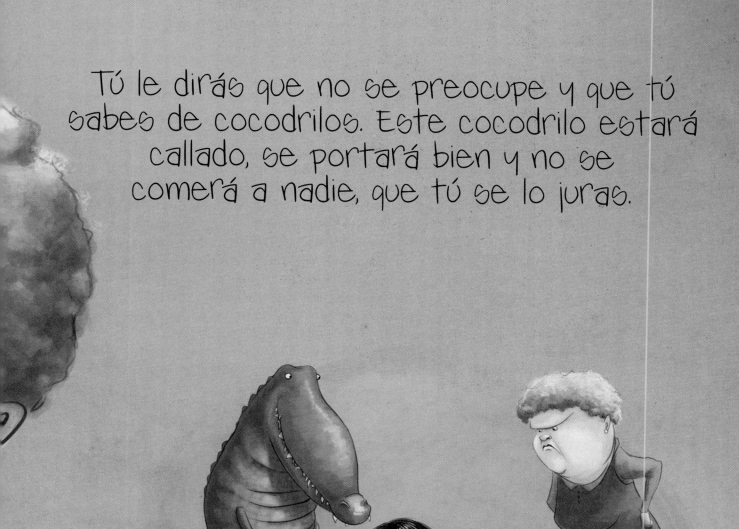

Porque el cocodrilo te estará mostrando dibujitos cómicos.

Tu maestra escribirá tu nombre en la pizarra

Magnolia

Y eso quiere decir que serás la última en la fila del almuerzo. Tomarás los crayones y le dirás al cocodrilo que se esté tranquilo y que espere a que llegue la hora de mostrar y contar.

Pero durante
la clase de arte,

Es porque el cocodrilo te estará enseñando origami.

La maestra hará una marca junto
a tu nombre,

Magnolia✓

y eso quiere decir que no saldrás al recreo.
Tomarás el papel y le ordenarás al
cocodrilo que se porte bien y espere a
que llegue la hora de mostrar y contar.

Durante la clase de
matemáticas,

te darás cuenta de que el cocodrilo tiene hambre.

Le darás tres de
tus chicles favoritos

y le rogarás que no se coma a nadie y que

¡por favor!

espere a que llegue la hora de mostrar y contar.

Lo bueno es que le
impedirás comerse a los niños.
Lo malo es que el cocodrilo estirará y dará
vueltas al chicle...

y tu maestra se dará cuenta.

Pondrá dos marcas más junto a tu nombre

Magnolia ✓✓

y lo subrayará.

Magnolia ✓✓✓

Eso quiere decir que tendrás que
ir a la oficina del director cuando
terminen las clases.

Durante el almuerzo, no podrás comerte tu sándwich de huevo y queso porque alguien se lo tragará todo, excepto la corteza.

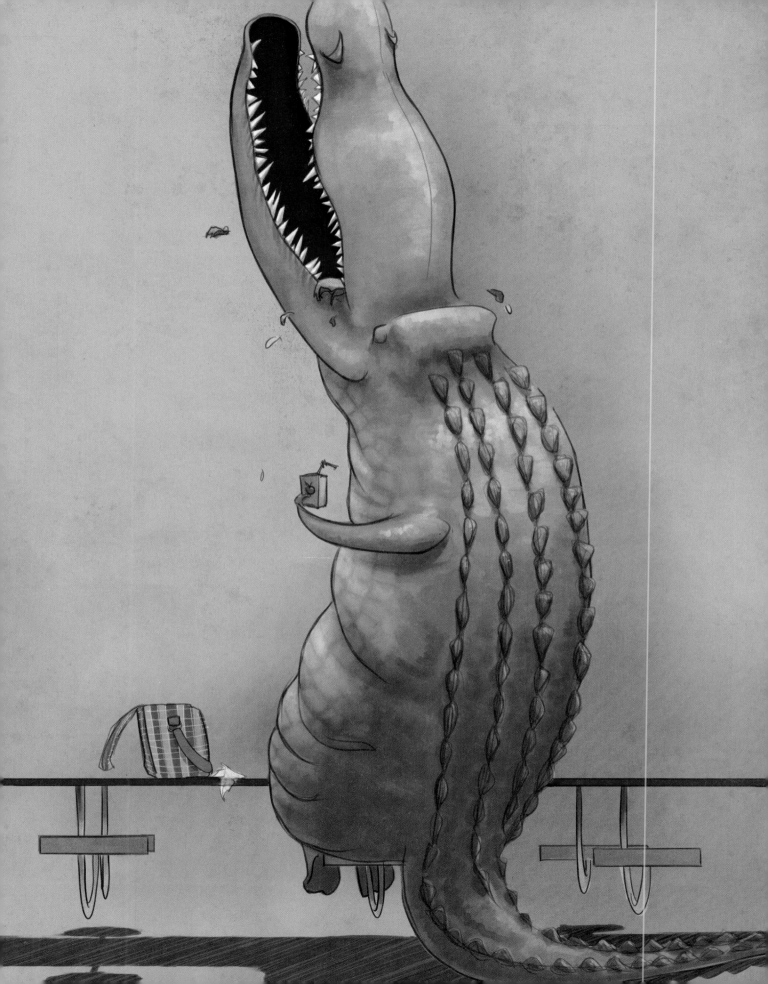

A estas alturas, desearás haber traído una rama hueca o un nido de pájaros o algunas rocas brillantes para mostrar y contar, en lugar del cocodrilo. A estas alturas, preferirás haber traído **tierra** en lugar del cocodrilo. Desearás que el cocodrilo

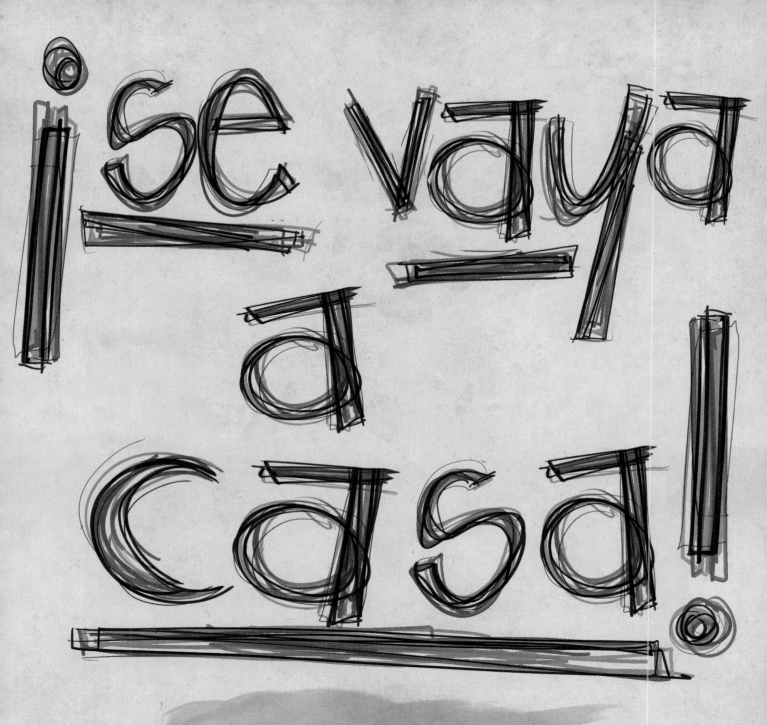

¡se vaya a casa!

Bueno, esto es lo que te aconsejo que hagas:

Primero, durante la hora de mostrar y contar, te sentarás calladita y aprenderás sobre ramas huecas,

nidos de pájaros

y rocas brillantes.

Entonces...

será
tu
turno.

Y que los cocodrilos son **súper rudos.** Es un hecho. Son fuertes y rudos y no le tienen miedo a **nada,** excepto a otros cocodrilos...

y a los humanos.

Tu maestra quedará impresionada.
Tal vez no tengas que ir a la oficina
del director por todas las
travesuras del día.

Pero tal vez...

tengas que ir de
todas maneras.

DIRE

A **ELISE PARSLEY** le escribieron el nombre una vez en la pizarra, con una marca. (Ella dice que fue por un incidente no relacionado con un reptil). Desde entonces, ha sabido comportarse y vive con su esposo, lejos de cocodrilos que causan problemas, en Minnesota. *Si piensas traer un cocodrilo a la escuela, ¡no lo hagas!* es su primer libro ilustrado. Puedes visitarla en eliseparsley.com.

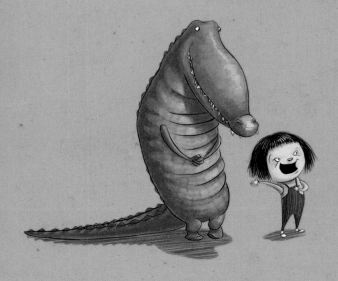